당신이
가진
모든 것의
주어가
되고 싶었다

당신이 가진 모든 것의 주어가 되고 싶었다

발행일	2019년 9월 20일		
지은이	김현아		
펴낸이	손형국		
펴낸곳	(주)북랩		
편집인	선일영	편집	오경진, 강대건, 최예은, 최승헌, 김경무
디자인	이현수, 김민하, 한수희, 김윤주, 허지혜	제작	박기성, 황동현, 구성우, 장홍석
마케팅	김회란, 박진관, 조하라		
출판등록	2004. 12. 1(제2012-000051호)		
주소	서울시 금천구 가산디지털 1로 168, 우림라이온스밸리 B동 B113, 114호		
홈페이지	www.book.co.kr		
전화번호	(02)2026-5777	팩스	(02)2026-5747

ISBN	979-11-6299-878-6 03810 (종이책)		979-11-6299-879-3 05810 (전자책)

이 도서의 국립중앙도서관 출판예정도서목록(CIP)은 서지정보유통지원시스템 홈페이지(http://seoji.nl.go.kr)와
국가자료공동목록시스템(http://www.nl.go.kr/kolisnet)에서 이용하실 수 있습니다.
(CIP제어번호: CIP2019037021)

(주)북랩 성공출판의 파트너

북랩 홈페이지와 패밀리 사이트에서 다양한 출판 솔루션을 만나 보세요!

홈페이지 book.co.kr • **블로그** blog.naver.com/essaybook • **원고모집** book@book.co.kr

김현아 시집

당신이
가진
모든 것의
주어가
되고 싶었다

북랩 book Lab

당신이라는 파도에 휩쓸릴지라도
발을 담그고 싶다는 마음.
우리의 공백을 나의 상상으로
채울 필요가 없다는 믿음.

나는 껴안을 수 없는 존재를
그런 당신을 갈망하고 기록한다.

2019년 가을
김현아

차 / 례

05   시인의 말

1부

14   비교 불가능

15   인스턴트

16   심장이 맴맴

17   원고지

18   자괴

19   지는 장미

20   홀로서기

21   장마

22   촛불

23   미련

24   몰랐다

25   평화

26   실로(失路)

27   하나의 세상

28   안녕, 사랑

29   불면증

30   망각

31 　　　　　　　　몽상가들

32 　　　　　　　　후회

33 　　　　　　　　모르겠다

34 　　　　　　　　작별

35 　　　　　　　　괜찮다

36 　　　　　　　　녹아요

2부

38 　　　　　　　　담벼락

39 　　　　　　　　왜

40 　　　　　　　　희(曦)

41 　　　　　　　　상처

42 　　　　　　　　불신애(不信愛)

43 　　　　　　　　환상

44 　　　　　　　　그곳

45 　　　　　　　　좋아요

46 　　　　　　　　착각

47 　　　　　　　　불공평하게

48 　　　　　　　　소망과 원망 사이

49 　　　　　　　　Shift+Delete

50 　　　　　　　　순애보

51 　　　　　　　　전화는 울리지 않고

52 　　　　　　　　흔적

53 　　　　　　　　바랐다

54 　　　　　　　　희망 고문

55 　　　　　　　　포옹

56 　　　　　　　　소원

57 술래잡기

58 못됐다

59 보내지 못한 편지

60 역류

61 그러고 싶었다

62 치유 불가

63 울었다

64 이별 조각

3부

66 풋사랑

67 여름의 초상

68 인어의 눈물

69 파란 밤

70 당신의 어항

71 늦잠

72 번지 없는 편지

73 온통 너

74 빈 곳

75 지우개

76 겨울 이야기

77 눈물 같아서

78 너 떠난 후에

79 비 따라 네 생각

80 회상

81 네 발에서 두 발로

82 응어리

83   한 짝

84   생각 몸살

85   굴숨

86   추락

87   그럴 수만 있다면

88   이면

89   거짓말

90   화상

91   두렵다

92   환생

93   첫사랑

94   청(靑)

95   고찰

96   미완성 고백

97   당신이 없을 때

98   낯선 이별

99   결-별-혼

100   나비

101   겁쟁이

102   당부

4부

104   우리의 시작

105   마음은 흐림

106   순정

107   애증

108   너 오는 날

109 ——— 정의(定意)

110 ——— 71117117

111 ——— 배려

112 ——— 그마저 사랑

113 ——— 홍옥

114 ——— 외면

115 ——— 잠기는 그리움

116 ——— 고함

117 ——— 시름시름

118 ——— 기약

119 ——— 퐁당

120 ——— 취향의 화석

121 ——— 어리광

122 ——— 너 없이 여름

123 ——— 고마워요

124 ——— 바보네

125 ——— 나의 마음

126 ——— 사랑빛

127 ——— 좋은 이유

128 ——— 달라졌을까

129 ——— 솜사랑

130 ——— 안아줘

131 ——— 깨닫는 순간

132 ——— 안부

133 ——— 말의 의미

134 ——— 한 명

135 ——— 입맞춤

136 ——— 사랑해

137 ——— 동행

138 너의 이름

139 다리를 떨다가

140 수많은 새벽녘

141 찬란

142 작은 욕심

143 울타리

144 반짝반짝

145 너를 이루는 성분

146 빼기

147 집

148 태양과 달

149 백야(白夜)

150 행성 블루

151 기도

152 당신의 모든 것

153 우주를 떠다니는

154 푸른 칼눈으로 춤추는

155 사랑이라

156 뮤즈

157 할 수 없는 일

158 아니었네

159 ○○아

160 와르르

161 중력장의 구멍

162 통하는 세계

163 기다렸어

164 사랑꽃

165 눈물보다 묽은 혈류

166 마지막 날

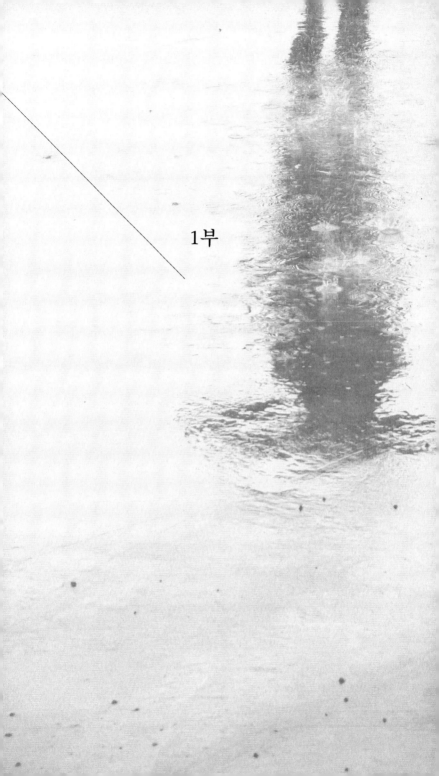

1부

비교 불가능

당신의 아픔만 아픔 아니고
당신의 슬픔만 슬픔 아니다

인스턴트

우리는 왜 그 대상이 무엇이든
비닐 한 겹만 벗겨내면 끝나는
관계를 추구하는 걸까

심장이 맴맴

매미는 두 개의 마음을 읊조린다
얼어붙은 뙤약볕으로
계절을 넘는 메아리를 담고
숨겨진 자취에 뚜욱뚜욱
떨어지는 눈부심은
마지막 발자취를 남긴다

원고지

당신에게 쉼표가 있을까
나처럼 느낌표와 물음표로
가득 차 있을까
말줄임표만 넘치는 지금
따옴표가 필요한데
주인 없는 문장들이 서성이는 밤

자괴

그래 봐야 끝내 이 가슴에
정착하지 못했을 너인데
멋모르고 빈자리 내주었던
내 마음만 홀로 처량하다

지는 장미

시들어가는 붉은 것에
철 지난 사랑 쏟아봐야
다시 돌아올 수 없거늘

홀로서기

내 이토록 여태 사랑하는 당신을
생각처럼 쉬이 놓을 수 있었다면
진정한 사랑 또한 아니었으리라
그리 위로하며 한 걸음 나아간다

장마

후두둑 후두둑
건반을 두드리는 여름의 노크
말라붙은 대지 가슴을 적시우고
목마른 곡식이 마시는 감주 한 사발
언젠가 유월의 끝자락을 붙잡고 싶어
빗물 위로 띄워 보냈던 흰 종이배 한 척
가슴 위로 두둥실 떠오른다

촛불

격정의 시간 끝에
온기마저 사그라진 밑동

딱딱하게 눌어붙어
장판을 떠나지 못하는 저것은

불꽃으로 피어난 소녀의 눈물인가
버려진 옛사랑의 심지인가

미련

나는 당신에게 최선을 다했다
더는 남길 것도 없이 다 주었다
하나 그대에게 난 늘 차선이었으니
만약 우리 둘 사이에 누군가 남는다면
그대 가슴속에 새겨질 사람 나였으면

몰랐다

내가 슬픈 이유는
그 사람 때문이 아니라
그에게 깊이 내던져진
이 마음 때문이었음을

평화

당신이 나를 떠났다는 슬픔마저
나를 떠나간 지금에야 비로소
나는 평화롭다

실로(失路)

우리 추억에 난 길을 따라
한참 걷다 보니
어느새 덩그러니
홀로 남아 있던 내 발자국
언제부터였는지
나와 엇갈리기 시작한 그때

하나의 세상

많고 많은 사람 중에
너 하나 잃는다고
세상이 끝나는 건 아닌데
왜 내 세상은 너 하나인지

안녕, 사랑

영원을 약속한 사이라도
때로는 놓아줘야 하는
가여운 사랑이 있음을

아등바등 붙잡아봐야
그 무게 짊어져야 하는
내 마음만 힘겨울 뿐임을

숱한 상처를 서로에게
받고 입히고 품으며 지나온
지금에야 겨우 알았다

불면증

잠이 오지 않는 건 아마도
잠 대신 네가 왔기 때문이겠지

망각

창백하게 질린 어느 새벽녘
문득 네가 보고 싶었다
네가 있어 홀로 설 수 있었고
네가 없어 홀로 설 수 없었던 날들
나는 쓰디쓴 지난 기억에
너를 묻으며 나를 잊었고
홀로 살아가는 법 또한 잊었다

몽상가들

꿈결에 잠긴 너와
생각에 잠긴 나는
저 멀리 같은 미래를
말없이 바라보았지

그저 고요히 고요히
요동치는 밤바다처럼
어둠에 넘실대는 환상을
멍하니 바라보았지

후회

당신을 믿는 것이 두려워
그 입술로 속삭인 사랑이
거짓이길 바란 적도 있었다
그런 미련한 시절이 있었다
사무치게 아파할 거였으면서

모르겠다

비 때문에 신발이 젖는 건지
네 생각에 마음이 젖는 건지

작별

힘들고 아팠던 시간은
모두 지나갔다
그러니 이제
그대만 나를 지나가면 된다

괜찮다

가끔 내 삶이 계획을 무시하고
내 뜻대로 흘러가지 않더라도
나를 잘 알지 못하는 이들이
내 마음을 지치게 만들더라도

그래
그래도 괜찮다

그럴 때마다 내 어깨 다독여줄
소중한 이들이 있으니

녹아요

좋은 음악이
좋은 글귀가
좋은 사람들이
내 안으로 녹아든다
달리 행복이 있나
이게 행복이겠지

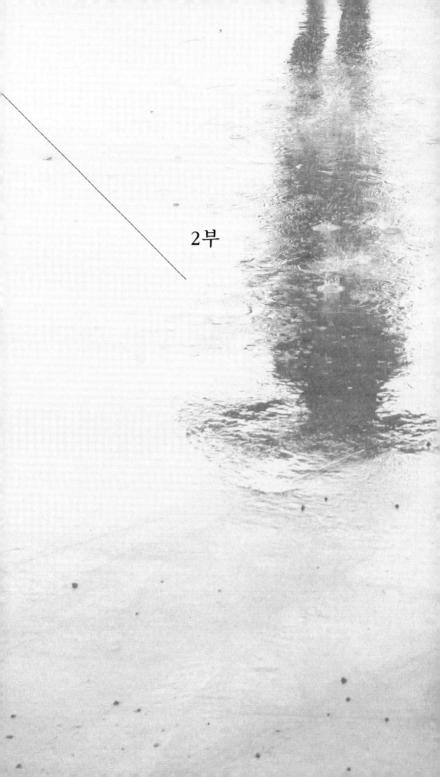

2부

담벼락

만일 내가 담벼락이었다면
당신은 내게 기대어줬을까

왜

왜 나와 눈을 맞추지 않나요
왜 내 말을 들어주지 않나요
왜 내 연락을 받지 않나요

왜
나를
사랑하지 않나요

희(曦)

평소에는 잘 웃지도 않으면서
그의 이름 말할 때면
바보처럼 미소 짓던
너의 시원한 입매가 미웠다

상처

간지럽고도 아픈 기억을 긁는다
이 위로 딱지가 앉고 떨어지면
너도 내 안에서 떨어져 나갈까

불신애(不信愛)

네가 나를 믿지 않을까 봐
훌쩍 나를 떠나 버릴까 봐
이런 나를 지겨워할까 봐
나는 얼마나 많은 의심들로
너를 괴롭히고 울렸나
어차피 그날들 지나가면
말라 바스러졌을 마음을

환상

잠 못 드는 밤
네 생각에 잠긴 채
눈을 감으면
꿈결에까지 밀려드는
차가운 얼굴

너는 꿈에서조차
내 생각을 해주지 않는다

그곳

황량한 대낮의 도로변은
북경의 어느 곳을 떠올리게 했다

오르막길과 내리막길이
절묘하게 맞물린 그곳

너와 나의 추억이 뒤엉켜
굴러떨어졌던 그곳

어렸던 그날의 우리는
모난 말로 서로를 상처 입히며
아파하다 안녕을 고했다

서로 때문에 눈물 흘리는 일이
그다지도 값진 줄 알았더라면
잡은 손을 놓지 않았을 텐데

남겨진 나는 여전히 제자리걸음 중이고
너는 아직도 머나먼 그곳에 서 있다

좋아요

넌 정말 다정해
내가 무슨 말을 해도
그냥 사진을 올려도
어떤 투정을 부려도
항상 '좋아요'를 눌러주니까

넌 정말 무심해
내가 무슨 말을 해도
그냥 사진을 올려도
어떤 투정을 부려도
항상 '좋아요'만 누르니까

착각

어째서 당신에게 배신감을 느끼는 걸까
당신이 예고 없이 안겨주었던 설렘에는
애초부터 아무것도 들어 있지 않았는데
모든 게 부질없는 바람이었을 뿐인데

불공평하게

너의 마음을 휘두를 권리는
내게 주어지지 않았다
한데 나의 마음을 휘두를 권리는
누가 너에게 준 걸까

소망과 원망 사이

바라는 건 비슷한 크기의 마음과
같은 형태의 감정일 뿐인데
어째서 그마저도 못 해주는 거니

Shift+Delete

단 두 개의 버튼으로
단 한 번의 과정으로
잊고 싶은 모든 것
깨끗이 지울 수 있다면
얼마나 좋을까
당신을 묻은
가슴

순애보

탓하고 싶지 않아요
한때나마 좋아했었으니
미워하고 싶지 않아요
그때 우린 사랑이었으니
기다리고 싶지 않아요
그대 이제 여기 없으니

전화는 울리지 않고

너를 만나고 내 가슴에
무딘 상처가 참 많이도 늘었다

내 사랑은 잘 자라고 있는 건가
혹 피기도 전에 지고 있는 건가

긴 밤을 넘어 빛바랜 새벽까지
고뇌해도 울지 않는 전화

너는 도대체 언제까지
나만 울리려는 걸까

흔적

너 따위 잊겠다던 다짐처럼
마음이 굳세기만 했어도
너라는 흔적이 지금처럼
선명하게 남지는 않았을 텐데

바랐다

나를 버린 네 가슴속에
깊이 남은 그 상처 위로
그치지 않는 거센 빗줄기나
쏟아졌으면 좋겠다 하고

희망 고문

네 마음이 나와 같길 기대한 건 아니었다
단지 네 어깨에 기대어 펑펑 울고 싶었지

너라면 분명 괜찮을 거라는 너의 위로가
내 사랑에 아무런 희망이 되지 못하리란 걸

나는 다 알면서도 그 순간을 놓지 못했다
너를 앓는 마음의 박동을 멎게 할 수 없었다

포옹

사랑해달라고 안아달라고
그런 말은 하지 않았거늘
제멋대로 다가와 껴안고
심장을 부서지게 만들더니
훌쩍 떠나 버린 당신을
어떻게 받아들여야 하는지

소원

당신이 나를 아주 많이
미워하게 되는 것
나에 관한 기억이라면
사소한 것 하나도 쉬이
잊지 못하게 되는 것
오로지 그것만이

술래잡기

눈을 감으면 따라오던 그림자. 우리는 서로의 뒤를 밟으며 같은 맛의 알맹이를 나눠 물고 바꿔 물려주기도 하며 눈앞이 아득해지는 어둠과 빨강을 맛보았지.

나의 품에 찬란한 빛 안기고는 끝끝내 지옥으로 내몰던. 가혹한 혀가 여린 가슴을 찢고, 뜨거운 숨결이 목을 조르고, 창백한 손가락이 심장을 스칠 때, 움푹 팬 등줄기에 솟아나던 소름의 이파리.

너를 사랑해. 나를 두고 혼자 가지 마. 메아리처럼 공중으로 흩뿌려지는 눈물을 무시하고 돌아선 어느 새벽에.

못됐다

아무 의미 없는 너의
표정과 손짓 말 한마디에
웃고 울 나를 알면서
놓아주지 않는 못된 사랑

보내지 못한 편지

당신은 어찌 그리도 쉼 없이
그 사람 생각만 하나요
일 분 아니 일 초만이라도
내 생각 해주면 안 되나요

역류

문득 그리운 그 얼굴 떠올릴 때면
나는 그에게 아무것도 아니었구나
하는 속 쓰린 생각만 든다

그러고 싶었다

우리 헤어지던 그날

그대 발밑으로 버려지는 것이
절대 내 마음만은 아니기를
바라고 또 바랐다

부질없으리란 걸 알면서도
인정하고 싶지 않았다
남겨지고 싶지 않았다

사랑 그게 뭐라고
목매달고 싶었다

치유 불가

기억하고 싶은 것만
기억할 수 있었다면
서로에게 지겨워지는
권태를 떨칠 수 있었을까

지워내고 싶은 것을
지워낼 수 있었다면
처음처럼 변함없이
두 사람일 수 있었을까

다시는 돌아갈 수도
돌이킬 수도 없을 나날을
생각하고 그리다 그만
저 멀리 떠나보낸다

울었다

그대뿐인 가슴에 파인
손톱만 한 상처가
밤하늘의 손톱달 만큼
커다랗게 느껴져서
가난한 내 마음만큼
야윈 옆모습이 아파서
그래서

이별 조각

내 슬픔과 눈물마저
산산이 조각내고
떠나갈 그 사람이
뭐 그리 좋다고
온 마음 다 맡겼나

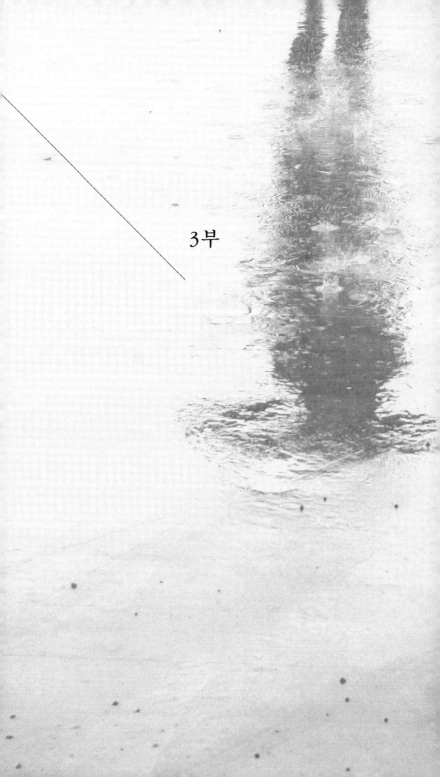

3부

풋사랑

어둠 내린 방 안에 앉아
훌쩍이는 작은 그림자

이름을 물으니 어디선가
메아리처럼 들려오는 그 이름

빛을 보지 못한
내 풋사랑이었구나

여름의 초상

녹음이 우거진 계절에 멈춰 버린 시간
우리에게는 여름만이 남았다

몇천 번의 해가 져도
뜨거운 이 계절처럼
변하지 않는 것들이 있다

너의 미소
너의 눈물
너의 기억

그리움에 영원한 이름표가 붙는다

인어의 눈물

사랑을 노래할 목소리 잃고
너의 뭍에서 쉬지 못하는 나
한낱 물거품이 되어 버린 마음과
눈물로 넘실대는 시린 바다가
마지막 안식처가 될 줄은 모르고
뜨겁게 내뱉었던 사랑의 맹세는
지금쯤 어디에서 울고 있을까

파란 밤

나는 오랜 시간을 오로지
당신에게 가기 위해 바쳤다
돌려받지 못할 세월과 마음을
보냈고 쏟았고
버림받았다
그 사실이 견딜 수 없이 슬펐다

그런 밤이었다

마음에 든 멍처럼
파란 밤이었다

당신의 어항

너의 어항에는 물고기가 많이 살았다. 항시 푸르고 붉게 빛나는 네온테트라. 오색찬란한 꼬리를 살랑대는 구피. 주홍색의 귀여운 진주린. 투명한 몸통 속 칠흑을 가진 코리도라스. 그리고 약지 손톱보다 작고 볼품없는 내가.

항상 분주하게 돌아다녔다. 네가 주는 건 하나도 놓치기 싫어서 자그만 몸으로 부지런히 유영했고 너의 눈에 들고 싶어 무던히 애썼음에도 관심이 떠나버린 며칠 동안 나는 상실감으로 좀먹히고 말았다.

지친 마음 가눌 길이 없어 삐뚜름하게 뉘어진 몸통을 파닥거리다 숨을 죽인다. 꺼져가는 불씨를 알아챈 네가 나를 들여다볼까 봐. 희미해진 이 존재를 버릴까 봐. 아무리 울어도 보이지 않는 눈물이 뻐끔뻐끔 어항을 새롭게 채운다.

늦잠

어젯밤에는 네 꿈을 꿨다
오랜만에 찾아온 너여서
보내기 싫은 마음에
꾸역꾸역 붙잡다가
젖은 베개 위에서 잠을 깼다

모든 게 다
너 때문이었다

번지 없는 편지

손 내밀면 닿을 곳에 있어 주기를
밤이면 밤마다 수없이 기도하고 꿈꿨다

불처럼 타올라 재가 되어도 이해해 주기를
스스로가 이기적임을 알면서도 바랐지

늘 변함없이 내 곁에만 있어 주기를
당신 마음이 떠날까 겁내면서도 기대했다

지금 당신은 나를 떠나 잘 지내는데
뒤늦은 고백만이 낙엽처럼 떨어지네

온통 너

오늘 방바닥에 떨어져 있던
너의 머리카락을 버렸어
그동안 있는지도 몰랐는데
소중히 여겼던 것도 아닌데
그 가냘픈 한 가닥이
꼭 너 같아서
그냥 눈물이 났어

빈 곳

공허하다
시린 겨울바람이
떠나지 않는 가슴

쓸쓸하다
그대 지나가고
외로이 남겨진 마음

아프다
열병으로 곳곳마다
폐허가 되어 버린

사랑

지우개

문득 혼자라는 생각이 들어
견디기 괴로운 새벽이면 눈을 감았다
외로움마저 까맣게 지워지라고

겨울 이야기

처마를 본다
바보처럼 꽁꽁 감춰두었던
이제 돌아보니 별것도 아닌
그 한마디 고드름

등잔에 숨어서
지금도 하나둘씩 늘어난다
이 밤 언저리에 소복소복 쌓여가는
단 한 사람만 모르는 겨울 이야기

눈물 같아서

네 생각에 잠겨 하릴없이
비 오는 창밖을 바라보다
창문에 맺힌 빗방울들이
네가 떠나던 마지막 순간
내게 보였던 눈물 같아서
젖은 얼굴을 무릎에 묻는다

너 떠난 후에

네가 싫다고 말했던
내 무신경한 성격은
누군가 원망해도
견딜 수 있었는데

네가 좋다고 말했던
내 다갈색 눈동자는
누군가 칭찬하면
왜 그리도 슬펐는지

비 따라 네 생각

비 오는 날에는 어째서
더 우울해지는 것인지
고민해봤지만 모르겠다

지금 내리는 빗방울 수만큼
수많은 우리 추억 때문일까

혹시 그런 그리움 아니라면
웅덩이에 가득한 빗물처럼
아직도 한가득 내 안에
고여 있는 너 때문일까

회상

무심한 내 말투에
상처받은 얼굴을 했던 너
알량한 자존심 때문에
미안하다는 한마디 못했던 나
혼자서 울 너를 알면서도
그대로 보내고 말았던 날
그날을 그 나를 너도 기억할까

네 발에서 두 발로

바람이 서늘한 저녁 자전거를 끌고 나선다.

휘날리는 머리카락을 귀 뒤로 연신 넘겨대다 자전거 잘 타? 말간 얼굴로 묻던 네가 떠올라 힘껏 페달을 밟았다.

가쁘게 차오르는 숨을 꾹꾹 눌러 담다 내뱉는다.

내가 끌어줄게 다정히 손잡이를 잡아끌던 목소리 들려와 그만 고개를 숙였다.

짙푸른 여름빛 하늘 끄트머리 살며시 내걸린 까만 십자수 천에는 수놓아진 별 한 땀 없이 아득할 뿐인데 자꾸만 가슴에 유성우가 내린다.

응어리

그대 이름 석 자가
그대 손의 온기가
그대 가진 향기가
가슴을 뚫고 맺혀서

한 짝

짝 잃은 그리움이
너를 찾아 서성대는 밤이면
더 깊이 네 생각에 잠겼다

아직 희미하게나마 온기가 느껴지는
너와의 추억 안에서 쉬어가라고
그리우면 그리운 대로 마음껏 그리워하라고
기다리려거든 지쳐 쓰러질 때까지 기다리라고
대신 내일이 밝으면 더는 아프지 말자고

아이처럼 우는 마음 어르며
뜬 눈으로 하얗게 밤을 지새웠다

생각 몸살

아파서 네가 생각나나 했는데
나아진 후에도 계속 네 생각이 났다
어쩌면 몸살 때문이 아니라
네 생각 때문에 아팠나 보다

귤숨

겨울이 오면 항상 귤을 찾던 당신
손톱 새로 황금빛 노을이 들 때까지
한가득 쌓아 놓고 하나 둘 셋

나도 모르게 연거푸 귤에 손이 가는데
내 시간은 여전히 당신과 함께 있다

추락

갑자기 후두둑 아프게 내려치기에
어디서 빗줄기가 떨어지나 했더니
그대 향한 그리움 떨어지는 소리였나

그럴 수만 있다면

당신은 날이 지날수록
내가 편해진다고 기뻐했지만
나는 당신이 그럴수록
자꾸 불안해지곤 했었음을
우리의 거리가 멀어질수록
그 사이를 눈물로 이었음을

당신은 아직도 모르겠지만
그래도 다시 만날 수 있다면
그때로 돌아갈 수 있다면

우리가
또 한 번
사랑에 빠질 수 있다면

이면

세상을 살아가는 그 어떤 이들도
세상에 흩뿌려진 그 어떤 사랑도
단 하나의 얼굴만 가질 수는 없다고
모든 잣대는 당신의 가슴속에 있다고
내가 당신을 그리는 마음도 그러하다고

거짓말

나를 둘러싼 모든 진실이
죄다 거짓말 같다
단지 너 하나 없을 뿐인데

화상

품에 넘치도록 끌어안았던 네가
분에 넘치도록 행복했던 날들이
뜨겁게 타올라 흩어진 그 순간부터
내 안에 남겨진 고작 몇 줌의 재가
너무도 뜨거워 매일 가슴을 데인다

두렵다

지나가다 당신과 같은
향기를 풍기는 누군가가
스쳐 지나가면 당신일까 봐
혹시나 하고 봤다가
돌아서면 실망할까 봐
괜스레 그리워할까 봐

환생

다음 생에는
잠깐 짙어졌다 사라지는 상처
그런 것이 아니라
너의 가슴속 흉터로 남고 싶다

첫사랑

시간이 흘러 당신은 떠났어도
당신이 처음으로 내게 안겨주었던
모든 붉은 것들은
나와 함께 남겨진 채
여전히 그날 그대로여서
때로는 그것만이
나를 살게 하는
지독한 전부여서

청(青)

너도 알고 있었을까
내가 너를 너무도 좋아해서
사랑이라고 말하지 못해서
그 시절 나의 푸른 봄날이
그토록 찬란하고
그토록 슬펐다는 것을

고찰

너와 함께한 시간을 떠올릴 때면
행복하고 안타까워 눈물이 났다

가만히 누워 너의 노래를 듣거나
네가 좋아했던 내 방 천장의 무늬를 세다가
문득 혼자라는 게 서러워 울곤 했고

대답이 돌아오지 않으리란 걸 알면서도
미련한 가슴에 몇 번이고 비수를 꽂았다

나는 왜 이렇게 너를 좋아하는 걸까
왜 나만 아직도 너를 사랑하는 걸까

미완성 고백

이달에 주어진 마지막 하루는
오로지 널 위한 것이었으리라
시린 겨울의 숨을 삼키고
움트는 봄의 문턱에서 태어난 사람아
눈시울이 뜨겁도록 빛나는 너를
나는 너를
너를

당신이 없을 때

그리워하면 안 되나요
안부를 물으면 안 되나요
만나러 가면 안 되나요

그대가 내게 없어도
온종일 그대 생각뿐인
나는 그럼 뭘 하면 되나요

낯선 이별

익숙한 날짜
익숙한 골목
익숙한 노래
익숙한 당신

익숙해서 좋았던 것들이
같은 이유로 서러워
그늘에 숨어 운다

결-별-혼

나를 지켜주고 싶다 했었던 당신의 약속도
그날 당신이 그녀에게 했던 사랑의 서약도
한여름 밤의 꿈처럼 희미해져 아련하건만
나는 왜 그리도 모든 사랑에서 당신만 찾았는지

나비

나를 떠난 당신이 그리워
지난 진한 추억 곱씹을 때면
차가운 손바닥에 나비가 뜬다
떨리는 입술 위로 나비가 핀다

겁쟁이

당신이 나를 안아주기를
바랐던 게 아니라
단지 밀어내지 않기만을
바랐을 뿐이었다고
솔직하게 고백했더라면
당신은 그날의 어린 내가
가여워서라도 성큼 다가와
이 손 한번 잡아줬을까

당부

나를 그리는 당신의 마음에서
빛바랜 원망과 아픈 기억 빠지고
내 이름 석 자만 고이 남을 때까지
그때까지만 당신 가슴속에 살 테니
부디 너무 빠른 잊힘은 아니기를

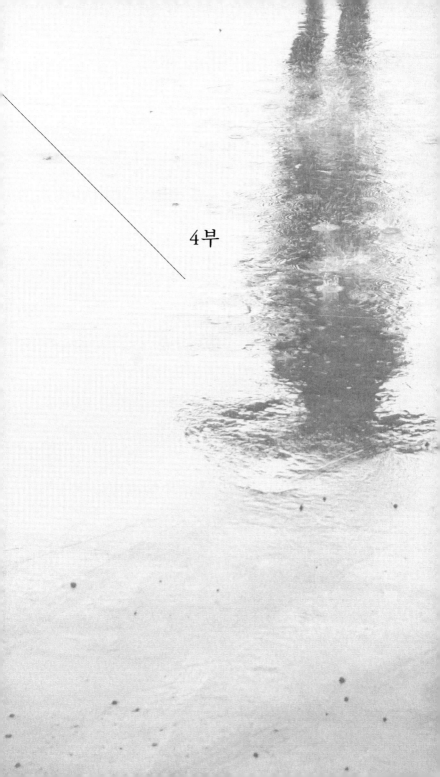

4부

우리의 시작

내 가슴을 두드리는 상냥한 말이
너의 부루퉁한 입술에서 나왔을 때

마음은 흐림

햇빛이 이렇게 좋은데
바람이 이렇게 좋은데
공기가 이렇게 좋은데
그럼 뭐해
오늘 날씨보다 더 좋은
네가 없는데

순정

몽글몽글 피어나는 구름일까
아스라이 흩어지는 연기일까
내 안의 너를 생각하는 순간마다
이 마음으로 떠오르는 하얀 것

애증

너의 가슴속에서 들끓고 있는
애정과 증오 사이의 어딘가에
오롯이 나만 남을 수 있다면

나의 마음속에서 점점 커지는
혼란한 감정의 소용돌이에
오로지 너만 꼿꼿할 수 있다면

네가 나를 사랑했으면 좋겠다
내가 너를 미워했으면 좋겠다

너 오는 날

이런 밤하늘엔
네가 너무도 많아서
손끝만 살짝 스쳐도
쏟아져 내릴 은하수여서
나의 우주를 떠도는
애틋한 그리움 몇 조각
아득히 껴안을 수밖에

정의(定意)

건고했던 나의 세계를 허물고 나와
너의 세계로 주저 없이 빠져드는 일
결국에는 한 움큼 재가 되리란 걸 알면서도
너라는 불꽃으로 기꺼이 온 마음을 내던지는 일

이토록 낭만적인 비극을
숱하게 절망하는 기대를
우리는 그럼에도 사랑이라 불렀다

71117117

안녕 내 사람
유일하고 소중한 너를
이토록 좋아해

떨리는 손으로
겨우 몇 마디 적어
띄웠던 종이비행기
지금쯤이면 도착했을까

불시착이라 해도
너의 마음속 어디든
저 구석 모퉁이에라도
내려앉았기를 비는 밤

배려

가만히 듣고 있던 내게
왜 그리 조용하고
말이 없냐고 물었던 너

아마 몰랐겠지

네가 하는 말
그 한마디라도
더 들으려는
마음이었단 걸

그마저 사랑

바람에 날린
그의 머리카락이
누운 결마저도
나는 사랑했다

홍옥

쑥스러워 어쩔 줄 몰라 하는
너의 뒷목이 빨갛게 익었을 때
나도 모르게 그만 내뱉을 뻔했지
수줍은 너의 뒷모습이 좋아
그런 간지러운 이야기를

외면

이 또한 언젠가는 끝나겠지
하면서도 바로 눈앞에 놓인
한 뼘의 행복만 보고 싶어져서

잠기는 그리움

그리울 때마다 당신 생각을 참 많이도 했어
그래서 다 닳아버렸는지도 모르겠다
눈물이 날 만큼 애틋했던 우리 추억이
눈물 위로 더는 떠오르지 않는 걸 보니

고함

나는 빌딩 사이로 보이는 하늘을 사랑하기로 했다.

당신과 내 사이 너른 등과 견고한 벽 틈으로 홍수처럼
차오르는 댐 너머의 마음을 받아들이기로 했고, 때때로
흐려지는 하늘 같은 진심을 끌어안기로 했다.

나는 그렇게 당신을 사랑한다고 말했다.

시름시름

생각 많은 사람은 싫은가요
생각이 많다고 해서
시름도 많은 건 아닌데
싫음 말고요

기약

나는 매일 당신 생각을 해
더는 못 견디겠다 싶을 만큼

보고 싶어 늘 그리워
너도 나와 같다면 좋을 텐데

부디 웃어줘 웃어주세요
우리 다시 만날 다음 밤에는

퐁당

좋아하는 너에게
잔잔하게 그러나 깊숙이
빠지고 싶은 마음

취향의 화석

들어도 들어도 좋은 노래
읽어도 읽어도 좋은 책
봐도 봐도 좋은 사람

그런 존재가 된다는 것은
얼마나 오랜 시간이 필요한 일일까
얼마나 깊은 애정이 쌓이고 쌓여야
굳어지는 취향의 화석일까

내가 당신 안에서 화석이 되기까지
얼마나 반복될 사랑의 역사일까

어리광

한 번 손길을 타기 시작하면
자꾸만 자꾸만 닿고 싶고
쓰다듬어줬으면 싶어져서

너 없이 여름

작년 여름에는
익숙한 네게
싫증이 나서
짜증만 냈었는데

올해 여름에야
돌이켜보니
우리 참 뜨거웠다
싶은 거 있지

고마워요

무엇 하나 소중하지 않은 말이 없네요
내게 오는 모든 한마디가 고마워요
곁에 있어 줘서 감사합니다 당신

바보네

바라는 건 없어
보고 싶을 뿐이야
네가 너무 좋거든

나의 마음

너를 생각하면 가끔씩 울고 싶어져
너에게 마음을 빼앗긴 그날부터
아무것도 내 마음대로 할 수 없어서
내 마음이 더는 나의 것이 아니어서
너를 생각하면 이렇게 울게 돼

사랑빛

마음이 캄캄할 땐
네 생각을 해
그러면 금세
마음에 볕이 들어

좋은 이유

사계절 중 겨울이 제일 좋다
그저 춥다는 핑계 하나만으로
너의 손을 잡을 수 있으니까
너의 품에 안길 수 있으니까

달라졌을까

꼼지락대는 그 손을
잡을까 말까 고민하다
미처 도망칠 틈도 없이
덥석 붙잡혀 버리는 게
사랑인 줄 알았더라면

솜사랑

넌 참 신기해
떠올리기만 해도
사르르 녹는 게

안아줘

세게 한 번 꽉 안기는 것보다
살며시 오랫동안 안겨 있고 싶다
너와 나의 따뜻한 이 순간을
더 오래 간직할 수 있도록

깨닫는 순간

즐거워하는 건 너인데
보는 내 기분이 날아갈 때

아프다고 말하는 건 너인데
듣는 내 가슴이 더 아플 때

정체 모를 뜨거운 설렘이
밤하늘의 불꽃처럼 튀어 오를 때

치기 어린 마음은
사랑을 깨닫고

안부

아프지 말라는 말이
아픈 너에게
더 아픈 말 될까 봐
그저 바라만 보는 나를
너는 알까

말의 의미

고맙다는 말이 얼마나 고마운지
좋다는 말이 얼마나 좋은지
사랑한다는 말이 얼마나 사랑스러운지
너를 통해 하나둘씩 배워간다

한 명

너한테 나는 여러 사람 중 한 명
나한테 너는 세상에 오직 단 한 명

입맞춤

꽃이라도 핀 듯이
어여쁜 말만 하는
그대의 그 입술에
맞추고 싶은 온기

사랑해

당장 말해 버리면 영영 이보다
더한 표현을 찾지 못해 헤맬까 봐
사랑에 서툰 만큼 아꼈던 사랑의 말

나를 배웅하기 위해 마주 선 정류장에서
아쉬움에 잡은 내 손을 어루만지던 당신의
따뜻한 체온이 나에게로 와 번졌을 때
나도 모르게 불쑥 내뱉어 버렸던 말

아무 말도 다른 대답도 없이
가까이 끌어다 안아주었던 당신 품에서
두근거리는 심장 박동 소리로 들었던 말

무수히 흘러든 세 글자

동행

꿈으로 가는 길을
너와 함께 걸을 수 있다면
좋을 텐데

너의 이름

이름에 놓인 획수만큼
네 마음이 나로 하여금
깊어졌으면 좋겠다는
유치한 생각에 푹 빠져
이따금 네 이름을 쓴다

다리를 떨다가

달아난 내 복이 날개 달고
당신에게 날아갔으면 좋겠다

수많은 새벽녘

잠들기 전 붙잡았던 전화기 속에서
지난밤 어둠과 함께 짙어졌던
당신의 사랑한다는 한마디

설레다 까무룩 잠들어 버리면
그 고백도 까만 밤에 묻힐까

단잠에서 깨어난 당신이 또다시
나만을 사랑한다고 고백할 때까지
뜬 눈으로 푸르게 지새웠던 새벽들

찬란

여러 이유로 서로에게 빠지고
단 하나의 이유로 남이 되지만
사랑은 그렇게도 찬란하다

작은 욕심

너에게만큼은
지구상 어느 누구보다
한없이 다정하고
무한히 따뜻하고 싶어

울타리

나 홀로 간직하던 감정을
당신과 공유하게 되었을 때
생겨난 우리만의 울타리

반짝반짝

여름 하늘에 흩뿌려진 별 가루
그대 미소 위로 온통 쏟아져 내리는 밤
나는 이 마음의 경계를 서성이며
그저 바래지 않는 오랜 바람으로
오늘처럼만 그대가 빛나주기를
나의 자그만 두 손 모아 소망했다

너를 이루는 성분

수줍은 미소
은은한 눈빛
따스한 손길

그런 애정이 모여
네가 된다

빼기

나 너 좋아해
그렇게 말하고 싶었지
기껏 내뱉고 멋쩍게 덧붙인
친구로서
네 글자는 빼고

집

희미하게 밝아오는 새벽빛을 함께 담을 수 있도록, 체온
만큼 따사로운 아침볕을 함께 나눌 수 있도록, 우주 위
로 수놓아진 저녁별을 함께 셀 수 있도록

커다란 창문을 놓을게.

당신이 내게 오는 길이 쓸쓸하지 않게, 언제든지 그 앞
에 앉아 나를 볼 수 있게, 당신에게로 달음박질치는 내
가 한눈에 들어오게

네모난 의자를 지을게.

태양과 달

당신이 당신만의 세계를 가지고 있는 것에 감사해
달처럼 당신 맞은편에 홀로 뜨는 존재를 갈망하고
만나지 못하는 시간만큼 서로 그리워하며 뜨고 지던
사랑스러운 고독을 살며시 품에 끌어안아 주고 싶어

백야(白夜)

우리는 하얀 밤을 걸었다. 크기가 한참 다른 서로의 두 손을 맞잡고 다르게 생긴 이마 눈썹 눈매 코 입술을 마주 보며 웃었지.

동그랗고 칠흑처럼 깊었던 너의 눈동자는 소리 내지 않고도 말하는 법을 알았다. 너는 올곧은 눈빛에 다정하고 끈적하고 달콤하고 뜨거운 것들을 자주 담았다. 나의 젖은 눈동자는 떨림을 감추기에 급급했을 터인데.

깨지기 쉬운 유리를 다루듯 조심스러웠던 상냥한 손길. 너의 너른 손바닥에 나의 메마른 뺨을 기대었던 그날.

너는 몰랐겠지만 그 순간 내 인생의 첫 기억이 바뀌었어. 밤이 와도 어둠 한 톨 없는 순백의 세계가 되었어.

행성 블루

내뱉을 때마다 아가미가 사라지는 우주를 헤엄친다. 아침에도 낮에도 밤에도 같은 자모음의 배열로 같은 세 글자 말하는데

저 멀리 우는 푸른 별에서는 저마다 의미가 다르다 하네. 같은 것들은 달라지고 다른 것들은 같아지며 당신과 나의 손가락이 얽힌 한여름의 어느 새벽처럼

블루에 잠긴 행성의 심장은 뛰지 않고.

기도

그대 존재가 나에게
억만 겁의 눈물이라 하여도
부디 내 모든 것이어라
손 모아 빌던 한철이 있었다

당신의 모든 것

당신 기억의 한 페이지를 장식하고 싶었지
당신의 웃음 눈물 애증 그리움
그 모든 것의 주어가 되고 싶었고
마지막 온점이자 오점으로 아로새겨
영원히 남겨지고 싶었지

우주를 떠다니는

무슨
의미가 있을까
너 없는 매일이

묽은 마음을 토해내고
찔린 상처를 쓰다듬는

끝이 없는 이 궤도
너의 발아래 어디엔가
어둠 속에서 유영하며

푸른 칼눈으로 춤추는

어느 땅의 끝에
겨우 닿은 외딴 섬처럼
백지 위에 걸친
칠흑의 눈동자
언젠가 언젠가는
그 심연에 빠져 죽고 싶었네
살을 에는 칼눈 앞에
여린 마음 뉘어주고 싶었네

사랑이라

당신의 일부가 되는 일이 두려워
마음 곁에 동그마니 서서 망설이다
끝내는 중심으로 뛰어들고 마는 것이다

뮤즈

종이 위의 파랑새를 만났다
진부한 얘기라는 것을 안다
그럼에도 나는 시인해야 했다

나로 하여금 펜을 들게 만드는
외로운 영혼에 숨결을 불어 넣는
그런 존재가 나타나고 말았음을

언젠가 그가 둥지에서 떠나면
슬픔의 노랫말 끄적이다
다른 이가 날아들어도 될 만큼
흔적마저 몽땅 지워지는 날에는
더는 아무것도 쓰지 못할 테지

낯선 파랑새를 만나고
이 글을 쓰기까지
오랜 시간이 걸렸던 것처럼

할 수 없는 일

기다리는 밤이 길다는 것을
마음 시리도록 잘 알지만
이 손으로 떠밀었던 너를
내 어찌 보고 싶다 하여
다시 껴안을 수 있으랴

사무치게 외로운 밤하늘에
휘영청 떠오른 너의 달이
이 마음 똑똑 두드려도
내 어찌 기다렸다 말하며
문 열어 반길 수 있으랴

그리워도 그리 괴로워도
너에게는 다시 가지 않을 터이니
이생에 할 수 없는 일이다
이토록 하릴없는 사랑이다

아니었네

사랑이 아닐 리 없다 여겼는데
이 환희가 영원할 거라 믿었는데
온 세상이 다 변한다고 하더라도
너는 변하지 않을 줄 알았는데

○○아

당신이 나를 부를 때면
흔한 이름 세 글자만으로도
두 뺨이 불긋해졌다가
가슴이 뜨거워지곤 했지

와르르

한여름의 뜨거운 햇빛처럼
지난밤의 반짝인 별빛처럼
눈부시게 쏟아지는
너

중력장의 구멍

종종 이런 새벽이면 이토록 미련스레 사랑하는 나의 당신을 두고 어디론가 달아나고 싶어.

당신 앞에만 섰다 하면 아무런 말도 못 꺼내고 작아지는 어린 마음을 땅에 묻고 도망치고 싶어.

나는 일출 직전의 암흑을 지나서 더는 당신이 나를 볼 수 없는 블랙홀 속으로 흘러가고 싶어.

통하는 세계

당신과 소통하는 세계는
이토록 따스하다

기다렸어

그에게 듣고 싶었던 말이 있었다
고작 네 글자에 가슴이 벅차오르고
마음이 어지러워지는 말이었다

사랑꽃

당신이 내게 오는 걸음에는
그 얼마나 찬란한 설렘이 깃들어 있을까요

당신이 떠나가는 걸음에는
그 얼마나 많은 눈물이 쏟아지고 말까요

언젠가는 마를 길이지만
남겨진 당신 발자국 아래서
나는 오늘도 꽃을 심습니다

눈물보다 묽은 혈류

스치는 찰나에도 눈 맞추며 웃어준다면, 하얗고 단정한 그 손 가끔씩 잡을 수 있다면 나만의 사람이 아니어도 좋았다.

고단함마저 숨기며 웃어주는 얼굴이 사랑스러워 나는 시시때때로 너의 다정을 착취하고 싶었다. 안 돼. 그러면 안 돼. 타이름에도 듣지 않고 밤마다 자라나던. 정체가 무엇일까.

오늘도 그것의 싹을 벤다. 예고 없이 댕강 베어진 마음이 피를 흘려도 아프지 않았다. 미안해. 내가 미안해. 말갛게 미소 짓는 네 얼굴 떠올리며 회개할 때마다 욕심의 상처 벌려 쏟아지던. 혈류는 눈물보다 묽었다. 지친 너를 그만 보내주고 싶었다.

마지막 날

밤의 끝을 향해 떠나자
내가 당신의 두 발 될게
당신은 내 두 눈이 되어줘
아무도 우리를 보지 못하고
찾지 못하는 세계의 종말로
망설임 없이 걸음을 내딛을게
당신은 나아갈 곳을 정해줘
우리 그곳에서 장례를 치르자
나와 당신만의 영원한 안식 찾아
춤을 추는 듯이 노래하는 듯이